A todos los que,
por elección o por aventura,
son padre y madre a un tiempo.

Puede consultar nuestro catálogo en www.edicionesobelisco.com / www.picarona.net

TENGO UNA MAMÁ Y PUNTO
Texto: *Francesca Pardi*
Ilustraciones: *Ursula Bucher*

1.ª edición: abril de 2016

Título original: *Una mamma e basta*

Traducción: *Lorenzo Fasanini*
Maquetación: *Montse Martín*
Corrección: *M.ª Ángeles Olivera*

© 2013, Lo Stampatello
(Reservados todos los derechos)
© 2013, Francesca Pardi por el texto
© 2013, Ursula Bucher por las ilustraciones
Publicado por acuerdo con Atlantyca S.p.A.
www.atlantyca.com
© 2016, Ediciones Obelisco, S. L.
(Reservados los derechos para la lengua española)

Edita: Picarona, sello infantil de Ediciones Obelisco, S. L.
Pere IV, 78 (Edif. Pedro IV) 3.ª planta 5.ª puerta
08005 Barcelona - España
Tel. 93 309 85 25 - Fax 93 309 85 23
E-mail: picarona@picarona.net

ISBN: 978-84-16648-02-3
Depósito Legal: B-102-2016

Printed in Spain

Impreso en España por ANMAN, Gràfiques del Vallès, S. L.
C/. Llobateres, 16-18, Tallers 7 - Nau 10. Polígono Industrial Santiga.
08210 - Barberà del Vallès (Barcelona)

TENGO
UNA MAMÁ
y punto

Texto: Francesca Pardi
Ilustraciones: Ursula Bucher

Camila es una niña
con muchísimas pecas
y la nariz un poco chata.

Su mamá tiene el pelo
muy, muy largo;
casi siempre
lo lleva recogido
en una cola de caballo
y le gusta cantar mientras
la acompaña en bici a la escuela.

Camila siempre ha pensado que su familia
es la mejor del mundo: su mamá y ella.

Desde que nació siempre ha sido así.

Todas las tardes preparan juntas la cena.
Su mamá también le ha enseñado a preparar galletas,
y cuando están de vacaciones, salen con la furgoneta:
mamá conduce y Camila mira el paisaje
por la ventanilla.

También está Gimmy, un perrito color chocolate
que ladra a los vehículos que pasan demasiado rápido
y que se ha comido todas las fundas del sofá.

De vez en cuando,
en la escuela le preguntan:

—Pero, ¿por qué tú
no tienes papá?

Y Camila contesta:

—Porque yo tengo mamá y punto.

Ésta siempre le había parecido una buena
respuesta.

Sin embargo, hoy ha ocurrido
algo extraño.

Ha llegado una sustituta
porque la maestra estaba enferma,
y como era el Día del Padre,
ha mandado hacer el siguiente ejercicio:

«Dibuja a tu papá».

Camila ha levantado
la mano para decir:

—Profesora,
yo no tengo papá.

Y toda la clase ha repetido:

—Es cierto, profesora,
Camila no tiene papá.

La sustituta se ha quedado pensando un poco en ello,
y finalmente, puesto que no se le ocurría nada más,
ha contestado:

—Bueno, entonces dibuja al papá que te gustaría tener.

Camila estaba confundida. A decir verdad,
nunca había querido tener papá,
pero la sustituta parecía estar tan segura…

No tenía ni idea
de por dónde empezar:

¿Cómo debería
ser un papá?

Habló de ello durante un buen
rato con Estefi, su mejor amiga,
y luego con Alejandro,
Teo y Miriam.

Tenía la impresión de que
un papá era un poco como una
mamá-hombre, que a menudo
llevaba corbata y a veces volvía
tarde por la noche.

Intentó dibujar al tío Juan en vez
de a su mamá, mientras éste la
ayudaba a hacer los deberes,

pero no se parecía
en nada a un papá:

era igual que el tío Juan,
y con las gafas puestas
sobre la nariz estaba
realmente gracioso.

Entonces intentó dibujar como papá a Teo,
su querido compañero de banco, ¡pero desde luego Teo
no podía llevarla en los hombros mientras
pasaba la banda!

Y, además, sin duda
alguna, se parecía
demasiado a Teo.

Trató de dibujar al señor Miguel, el panadero,
pero al verlo sentado al lado de su cama
mientras le leía el cuento de las buenas noches,
más que a un papá se parecía
al panadero,

¡y no pegaba
ni con cola!

Camila se llevó a casa el dibujo sin terminar.

Mejor dicho, ¡por empezar!

Estaba muy preocupada porque no conseguía
hacer los deberes.

Cuando le contó a su mamá
lo que había pasado, ella le dijo:

—Menos mal que esta sustituta
sólo se queda un par de días.
¡Tu maestra nunca te hubiera
puesto estos deberes!

Pero mientras tanto, Camila
había tenido una idea, y ya se
había puesto en ello.

El papá
que quisiera
tener

es igual que
mi mamá en
todas la

Enseñó orgullosa el dibujo
a su mamá, que no podía
parar de reír.

Abajo había escrito:

«El papá que quisiera
tener es igual que mi
mamá en todas
las cosas».